虎牙

蔡淇華 ㊢

推薦序一

情字倒影

吳鈞堯（作家）

情人「虎牙」，形狀尖銳，用力咬，必然留下兩點如星傷痕，但若輕嚙很可能是溫柔，帶著些痛覺而回味如蜜。以此來解釋愛情，甘甜與苦澀交融，剛剛好的夜與甜度。

第一輯同名作品〈交換感官〉，「挖空棉絮／填充可愛的日記」，單以字義來解，挖空自然感到冷意，但填了日記且是可愛的，日子的實與虛，充滿男女的、夫妻的相對論，歡喜與爭執屬於必然，你儂我儂則是燃燒後、在餘燼中提煉的真情，接著〈精力湯〉，「便能吃掉生活泥沼中／昨日的鞋印」。

飲食日常也填充在生活中，命題既是時間也是滋味，「有小情詩就有小日子」，誠摯道出真實生活是主張，如果詩也是主張，便該從生活中找到對的文句與韻腳。第一輯的起手式中，清晰能見詩人蔡淇華踏勘本質，柴米油鹽雖歸日常，從中提煉的便能長出北斗七星，詩人不被憧憬迷惑，寧願與酸甜苦辣為伍，繼而挖掘深奧本質，如〈稱謂的問題〉，「我們都是彼此的女朋友」、「要幸福都變成眼淚／我們才能游出去」，男女或者夫妻的對位，探討現代化家庭，而本詩的企圖不單是家庭，還包括家園、社會與國族，「窗外青春在示威／警棍埋在民主潮間帶」，男女之間可以寫情詩，個人寫給家國格外冷冽、奔騰，擴大了情詩半徑，圍繞成用情的同心圓。

〈買給你的家具〉作為第一輯最後第二首，格外有意思，「不要醒來就覺得每個窗口／看起來都有槍傷」，指涉在個人也在集體。

第二輯「中年哲學場面」充滿省思與關懷，〈一個人的歌劇院〉，「夢想偶爾誤點／美感總能準時抵達」，〈中年哲學場面〉，「想推倒影子的人／必然先將自己推倒」，呈現人生階段與逆境，尤其那些刺，都用來當作了刺青，畫龍畫鳳，也化作警世格言，〈舉草而祭〉，「我們把泥捏成陶／而時間把陶捏成了泥」。人我之間、正負之間，都在彼此創造或編造，唯有智者可以如「一頁書」站在局外，以詩寫下他與時代的戀歌。

第三輯「有夢千頃」對於生存境地與童年有更多發抒，〈木的偏旁〉，「其實鳥或者人／都應該飛給自己看」，詩句雖然放在卷三，但可以看作詩人對世界的看法，怎麼生、怎麼活，甚且怎麼完成生命循環，雖然穿著外界環境這件厚重大衣，卻可以搬運自己的夢，而我以為輕嚙、深歎、淺嚐、悟道，是蔡淇華理解人與情的方法，就像他陽光一般的為人，不數落鞭笞，書寫中曉以大義，新詩裡則以虎牙露齒而笑。至於咬得輕或重，則交由讀者各自坦率。

《虎牙》作為蔡淇華的第一本詩集，猶如繞過文字弧面，讓我們看到情字踮著腳，佇立池邊；對影，化成許多人。

推薦序二

含蓄如詩

路寒袖

在台中地區，對創作有興趣的年輕學子是幸福的，早在二十餘年前即有「中臺灣聯合文學獎」，蔡淇華就是此一高中跨校文學獎的重要推手，從一開始的三所學校到目前已串聯了十餘所高中，而且還跨界出台中市，苗栗、彰化、南投紛紛加盟，足見其受各校之重視。

我的文學啟蒙也是始於高中時期，當時雖然與同學創辦了文學社團，但同儕間都只能各自努力，所得如何就憑悟性了，想想如果我們生於此時，有這麼一個具代表性的文學獎鼓勵，相信會有更多的同好將持續於寫作這條路前行，也一定會為文壇留下更多的佳作。

說蔡淇華是中部地區學生作家的導師一點也不為過，他不僅辦文學獎，也教授、甚至出書指導學生寫作，一句俗話：「有狀元學生，無狀元老師。」蔡淇華澈底把它顛覆，據我所知，他的學生常在其他文學獎大放異彩，而他自己也是許多文學大獎的常勝軍，應該這麼說：狀元老師教出狀元學生。

蔡淇華寫詩超過二十年，至今才出版這第一本詩集《虎牙》，他在自序裡言：累篇逾百。然收入於本詩集者只有五十來首，其敬謹之心可見，正因為如此的慎重，所以雖是首部曲，卻絲毫無青澀之感，多的是純熟老練的佳篇，我特別喜愛輯一的〈老派〉、〈精力湯〉、〈人生是值得活的〉、〈台中車站〉、〈帶我，走〉，輯二的〈飄在空中，攤開之書〉、〈中年哲學場面〉、〈一頁書〉、〈小國民〉、〈大風吹〉、〈豬肉攤前賞花〉。而輯三「有夢千頃」則主題多元，生命記憶、地誌文史、社會運動、人物素描、災難悲憫……，充分展露了蔡淇華對土地、社會的細膩觀察與深情傾訴，而這不就是一位優秀詩人與好老師的最佳示範嗎。

自序

咬緊時間的虎牙

二十年前成為詩的信徒，嘗試與詩交換感官，請祂帶走我的眼睛、鼻子，走上萬物的嗅覺。漸漸聲聞雲朵的香氣，日子有了草本的柔軟。於是以詩為捕蟲堇，開始誘捕老派的日子。

〈台北．一九八九〉是第一篇習作，斯時初識語言的節奏律動，喜歡押大韻，無法掌握音響的有機糾合。但在一次次練習失手後，仍歡迎一切陌生技法，從生命風景走來。二〇一二年將黃智勇與妻子蔡秀明的輪椅環島故事，譜成詩篇〈帶我，走〉，幸運得到新北文學獎新詩首獎。終於有了勇氣，讓新詩帶我走過生命語義上的坑坑谷谷。持續創作至今，累篇逾百，蒙時報不棄，今日終於結集。

詩集粗略分為三輯，第一輯「交換感官」，想獻給結縭三十年的妻。從每日早起準備的精力湯，到一起追劇的日常，都是情詩般的小日子。羅蘭．巴特在《文本的愉悅》中提到：「若我們能夠掌握愉悅的全稱，每一個在享樂的文本都只是拖延。」所以此輯試著咬住愛戀的符號，讓囈語無限推遲。

第二輯「中年哲學場面」，是對生命晝長夜短的理解，是初老在正邪虛實處，接下了的一掌，也是如海德格在《存在與時間》中的提醒：「向死而生的意義是，當你無限接近死亡，才能深切體會生的意義。」

二〇二二年底，難得的炎上經驗後，寫下〈網軍時代〉。知悉被濺溼的路人，只能把積水當月光，與是非共存，與落花流水共奔大海，但仍期許自己要像戲偶〈一頁書〉：那是布袋戲在掌中握住的／一枝筆。筆直挺起的正氣。

這時代有太多天蚩極業，眼睜半闔，負傷時刻，也要微揚嘴角，學太陽在天幕行走。一如海德格的期許：「人生的本質是詩意的，人應該詩意地棲息在大地上。」

第三輯「有夢千頃」，大幅書寫自己的家鄉彰化，如回溯二林蔗農事件的「二林事件公判號」、記錄國光石化開發案的「有夢千頃」。本輯更多關注的，是時代偏航下的小人物，如〈累倒護理桌的天使〉、〈猝死國道的客運司機〉。還有完篇後被媒體大幅報導，甚至被編入國文課本的〈聞你〉與〈所以，我繼續飛翔〉。

華特．班雅明說：「沒有一座文明的豐碑，不是野蠻暴力的實錄。」所有在幸福影子在成形前，不斷被文明暴力推倒的人物，都值得被理解與留存。

知命之頁翻過，仍喜歡在自己偌大的神州，集千鈞氣力，撲向光和影的罅隙，咬住剛被世界遺失的時間，以尚未磨平，詩的虎牙。

目次

三／有夢千頃　101

虎牙

一

交換感官

老派

我們終究不是戲劇
眼淚也不是人造雨
每年的這一天
季節性的環抱如梅雨

那時剛剛學會使用臉
用表情去討厭陳世美
皺起鼻子去補充唇語
比如，妳想要的雲朵總是晦澀

妳對生活的深淵都太寬容
我有時候要深深去吻才能
填補所有語義上的坑坑谷谷
或者是我們愛的冰原裂縫
妳總是如此，含蓄如詩
而我也喜歡這樣老派

西裝一定打領帶，比如夢
我們要讓它夠正式就要努力
打工前，波蘿麵包方便共食
每次輪流撕一小塊
旅行用最省錢的帳棚
聊一整夜的星星
滿山的霧是我們打的哈欠

後來終於有了後來
也因為夠老派，就有了意義

交換感官

請將帶走我眼睛的鼻子
放低一點
這樣我才能
走上萬物的嗅覺
聲聞雲朵的香氣以致
後來曬乾的棉被有太陽味
以致同樣的床
又多一個人搶棉被
挖空棉絮

填充可愛的日記

請將帶走我眼睛的眼睛
閉起來
這樣我才能
在全世界都睜開眼睛時
吻妳，用鼻尖
讓妳感受一整座海岸山脈
如何劃過對流層
那密集的風切雷電雨霧
但妳吻我時
總是和風流暢清朗的清晨

精力湯

單純想像的美好維持
有夢就不會偏遠
紅蘿蔔、芹菜和樹在果汁機
意思是要你健康
一早有好的腸胃
便能吃掉生活泥淖中
昨日的鞋印

每日六點九分的鬧鐘

她主張，愛從今天無罪釋放
一杯精力湯是一首小情詩
有小情詩就有小日子
每次出發不用太遠
前方的雲都是私人島嶼
一次的偏航
角度只要小於日出
愛戀中的囈語
都可抵達

人生是值得活的

人生是值得活的
醒來可以寫書，種豆
種瓜。得一果實與神分享
植物學的人生與因果
久而久之就有草本的柔軟

人生是值得活的
看著決定躺平的你
奮力走過路口

但你可以走到另一頭
摸摸人間大象
在圖書分類中預言
從哲學類、宗教、文學
走向活下去的藝術

人生是值得活的
我把日常也當成大病初癒
像麻醉後醒來
每個早晨
睜開眼睛第一個想見的
是需要我為今天翻頁的
你

同一件事

追劇和訂餐是同一件事
如果感官都得到饗宴

手指和嘴唇是同一件事
如果觸碰的都是妳

快樂和老去是同一件事
如果都在持續

夜晚和積木是同一件事
如果我們的愛戀越積越高

我並不厭倦那些假設的事
那像是，在乾燥花意外地
採到了花蜜
那像是，將紙飛機拆解開來
情書中的每個字
都是昨日的零件
其中必然有些還能飛的
青春

台中車站

十九歲北上
我的行囊是灰重的雲
抵達時，把雨放下
抖一抖青春和多雨的台北
很快，又回到車站等待
很多節的火車和誤點的情節
情節多了便有愛
故事恰如陡斜高聳的屋頂
每次說分手的樣子

最後都不是「現在」。於是
妳又像鐘塔一樣陪我等車
兩個人的巴洛克很典雅
妳的細緻更像浮雕窗飾

「你看這廊柱
我們要這樣站著
與詩對望」，在我的城
像莒光號言猶在耳的廣播聲
但即墨終究要寂寞
時間讓我們都無力反攻
車站也變成愛情古蹟

稱謂的問題

我們都是彼此的女朋友
她的氣味成為我們
愛情的體質

我相信夜色和淋浴同樣是河
那條河的上游肯定
有小船，或稱為性別的載具
只是木槳已經消失

像在我們的房間
椅子喜歡房間的局部
是故事讓角色痛苦
為什麼有人總是
以為角落布滿灰塵
其實我們乾淨只是違背想像
像蜘蛛努力結網才成為紗窗
玻璃是一種甜食
因為風景而有了口感
你說廢墟，我說是小憩
在夢中擦傷沒有不好
這代表我們活著

偏偏劇本不喜歡兩個女主角
我們住在正要焊接門鎖的夢裡

要幸福都變成眼淚
才能游出去

我們變昆蟲、變魚，最後變海洋
果真是海洋
我們就可以互稱女朋友
像一波又一波的浪
沒有其他命名

如果你接受
性別是月亮
我們的圓缺只是一場小病

台北・一九八九

北上高鐵時速三百
車窗外雨滴靜止讀我
讀我時間靜脈
逆流過我們盆地邊緣
適合愛情攀爬的窗
太陽薔薇色，歲月棉花糖般甜柔

窗外青春在示威
警棍埋在民主潮間帶

野百合早熟
花叢中長髮，觀音大屯美麗靜坐
燦過水門十月不夜的煙火

推開鐵蒺藜
接住職棒元年外野高飛球
解嚴後歷史的傷口
搖滾樂中向前走

（曇花一夜開落，滿城嗒然）
號子打飽嗝，城市酗了酒
時代擊掌不握手
指數激情過後，存摺好瘦

每晚，菸草焚我

沉默坐在機車前座
鏡子吃妳的心事
透明的淚煮透明的愁

三年堆疊蝸牛的殼
漲潮前的沙丘
我們高飛的翅羽漸次蠟融
在台北的指間滑落

夢的瘀痕
跌在百里外，妳的諸羅
和我失去妳的濁水溪口
在水草聚攏的台北湖
我們是鱗片，是留著前世記憶的魚族

在迴游相遇的藻荇間
只要一個眼神相贈
我的背鰭會隨妳上岸
行至那年一起焰過雪過魚過
也蝴蝶過的台北・一九八九

沒有其他命名

我們都是彼此的女朋友
她的氣味成為我們
愛情的體質

我相信夜色和淋浴同樣是河
那條河的上游肯定
有小船，或稱為性別的載具
只是木槳已經消失

我們要像蜘蛛努力結網
才能成為立法院的紗窗
像在我們的房間
椅子喜歡房間的局部
是過去的故事讓角色痛苦
為什麼有人總是
以為角落布滿灰塵
其實我們乾淨
只是違背他們的想像

偏偏劇本不喜歡兩個女主角
我們住在正要焊接門鎖的夢裡
要幸福都變成眼淚
才能游出去

玻璃是一種甜食
（曾經，他們稱我們為玻璃）
因為風景而有了口感
你說廢墟，我說是島上驕傲的城
在守城時擦傷沒有不好
這代表我們活著

終於，在彩虹裡
我們變昆蟲、變魚，最後變海洋
果真是海洋
我們就可以互稱女朋友
像一波又一波
破碎後仍然完整的浪
沒有其他命名

我要這種快樂

我要這種快樂
孩子把圖釘當成星星
鳶尾花喜歡辛波絲卡
啊，如詩散步
每個季節都有一見鍾情
兩隻腳和四條腿的動物
同樣需要望向天空

錢都是道德的

我把要的東西給了別人
我要這種快樂
不是支配，是他們找我更多
像快樂這種零錢
在沒有風的耳垂
也叮噹作響

帶我，走

那年，黃智勇推著癱坐輪椅的妻子蔡秀明
在她離開人間之前，展開台灣環島之旅……

那天太陽就坐在前方，我看見
太陽的膝蓋上也有一塊拼花布
和我同樣的
沿花東海岸梯田
行腳維持細細暖暖的日常

此時，距離死亡較近
距離下一個海灣還很遠
我不確定會先抵達誰的小徑
但肌肉萎縮的我，更容易穿越雨林如
穿越一切嫌隙，或是所有悲喜
而海岸線拉著我
移動總是比僵持容易
轉念也比風聲更輕

我坐在輪椅。喜歡簡單的問題
像走，就是現在；愛就是回答我在
活著就是歡迎一切陌生
從風景中走出來

雖然海浪激動地拍出浪花

我想像的白蝶
來不及有自己的花蜜
但不用降落的一種起飛
像詩一樣有狂喜（雖然我感到抱歉
在死亡之前
以一種傾斜的姿態
就把海的藍全部倒給你）

我愛你，推著輪椅以及
把我當成蒲公英
卻怕我吹走的那一天起

（第二屆新北文學獎新詩首獎）

第一張書桌

這書桌有月球的土壤
那是童年橡皮擦
灰白的碎屑
它讓想像力充沛
重力很小，筆跡也輕飄飄

後來發現
木紋和鋸木的聲響
於是進到夢中阻止

並推著年輪往前跑
繞過世界地圖與好望角
停在一處安全的花園
等它繼續茁壯

那棵樹終於大到
可以讓我爬到高處瞭望
看八卦山，看中央山脈
看比夢還遠的遠方

夢裡，八卦不斷排列奇變
每人站在自己的中央
山脈繼續隆起
將藍天與綠地鎖在抽屜裡
有春風趴在桌上

繼續小寐

買給你的家具

你太空曠
需要一些家具來安置手足
於是送了廚具給你
希望你至少正常用餐
當一個堂堂正正的衣架

不要醒來就覺得每個窗口
看起來都有槍傷
不要覺得山的崇高

都是矯揉造作
送你的那把梯子
希望用來放置室內盆栽
從這裡開始的草木
就是你的登山口

老花

醫生說要配老花眼鏡
怕戴上，看起來會很老

我卻只看見夕陽的金邊
海水退潮又漲潮的意志
聽見洗衣機每晚的轉動
時針倒退的聲音

被愛的人被應允驕傲與芒刺

有了歡與疼，存在的感覺
讓我，成為我們

那朵花總是靜靜的
對蜜蜂的停停走走寬容
對太強的落雨頷首微笑
只記得時間成群走過
忘了自己老了
還是一朵花

二
中年哲學場面

飄在空中，攤開之書

鮮花不是真的在草原裡
不是陰天一定有烏雲
你說有一種階梯
需要我們往前站一點點
它不會閃躲熱情
惡意曾在那裡敗退

再上來一點
翻開我內向的生態

有鳥獸正在搬運中年
隊形是歪斜的幸福

當你踱至最後一行
坐下來，一起排列星光
學會不讓側臉暗沉
有力量移開肥胖的童話
不讓它壓傷孩子的腳
那是因為，你已躺在
我們儲存已久的愛

一個人的歌劇院

路過等待學生放學的統聯巴士，看見司機坐在駕駛座上，手持薩克斯風，
閉眼吹奏鄧麗君的〈奈何〉……

一直知道，我是首席
只有我能將斑馬線
讀成名家的五線譜
你聽，整條路的汽車喇叭
爭先恐後與我共鳴

秋風與落葉拚命鼓掌
黃昏開始精準打光
站牌是最忠實的鐵粉
每日屏氣凝神，如如不動
讚嘆我指尖的才華
所有正想超車的悲傷
都被我的小指
輕輕按住

我身懷的絕藝
除了轉動方向盤，還有聽音辨位
能聽出往事
正從哪個路口闖來
我是一統聯盟的薩克斯風手
夢想偶爾誤點

美感總能準時抵達

中年哲學場面

是黑夜占據了白晝
還是這個推論
剛好相反；我們相繼活著
又向俗稱的死亡走去
也有著相同問題

像砂礫、教科書與政治
也有自己的哲學場面
時間在觀察裡成為時間

浪在成形的瞬間不能成形
原來問題
是我們都還活著
想推倒影子的人
必然先將自己推倒
於是，那些反覆的問題
讓我們活得多有意思

關於時間的演講
有種的中年
仍坐第一排

一頁書

從那一頁，我們更喜歡詩句了
那是布袋戲在掌中握住的
一枝筆。筆直挺起的正氣
又像一朵蓮花大破鏡中之象
正邪虛實都接了一掌
再接一掌，便橫劈了山峰

是的，那是梵天大戰藍顏怒目的邪靈
全家大小守著木凳椅

在自己偌大的神州對抗
眼神跟著八音才子急轉
從武將之音乍轉柔女之音
耳根種植在肥碩的武俠天地

如果百世經綸一頁書再現
就幾句出場口白
就能成為新時代的發刊詞
讓塵埃落地之前都感到暈眩
因為這時代有太多天蚩極業
我們還需要那半闔的眼眸
看盡世俗庸人
也需要微揚嘴角的他
笑盡天下英雄。於是
我用一張廢紙摺成布偶

學太陽在天幕行走

小國民

屋瓦都住著寒露
花園有彩色的蒼蠅
如果有一天
我們發表言論的管道很窄
小於政客的吸管

新聞播報溺水者
大多死於淚水

關於希望，是指
我們向遠方的雲層
打撈望遠鏡
試著撫平那年被弄皺的百褶裙

職是，小國民用指紋按壓過重的永夜
讓枯萎的靈魂從此刻起
都披上明日的每一道曙光

你怕蝴蝶

為了欺敵，你偽裝詩人
把一些字的筆畫拆解
釘製門窗、衣架
房間很小，你以為走動
就可以讓房間變大

你刺青，我也知道
你怕會飛走的東西
所以把牠刺在肩膀

你穿了好幾件皮膚
讓夏天覺得很冷
塗抹指甲
像彩繪戰車

梳理戰場
撿回唯一的傷兵
還是自己

大風吹

大風吹，不管吹什麼
都有一個回不到座位的人
但為什麼要有座位
如果那椅子必須黨同伐異
很政治，又像山老鼠砍來的樹
跟著票匭偷偷運走
那麼，我寧可沒有座位

大風吹，吹什麼

穿西裝褲的才剛離開座位
他的褲管就蹭進一群人
他們把形象轉化，畫成繪本
很親民很童話，說是銀河鐵道之夜
要你在黑暗的時代不徬徨
然而，我細細端詳
椅子上的木紋
那年輪正在輾壓
你我的陰影

批判性思考

三百張蒼白的臉
沒有五官的鬼
作者說那是一本書

我最多只看到成語罐頭
與雞湯，直排橫書
被催眠的文字偶爾也會站立
其中不存在任何感官
不然他怎麼沒發現

各種顏色發出的噪音
秋天詐騙春色
麻雀變成猛禽
可愛的外表啄食地表
世界正在下陷

又如果
肉體與罪惡等重
而政治
強調了百鬼夜行的正確性

最怕的事

喜歡妳林徑的步伐
除了細碎的小鼓，我怕
其他伴奏都是凌亂
於是把寧靜留給妳

母親，我也怕
二弦無以相繼的二胡
讓妳再也不能像
彩霞那樣粉墨登場

而沉默像老舊失語的手風琴
比老牛的喘息更吃力

如果，某一天
心電圖再也掀不起高潮
而妳，仍然是
我的海我的浪

貧窮嘉年華

這是貧窮的嘉年華
一整座沒有蜂蜜的花園
蝴蝶繞著塑膠材質的綠
思考「歡樂」一詞的概念所指

這是貧窮的嘉年華
一支沒有鼓樂的儀隊
排演歡樂的隊伍
拆除馬蹄也要回到占領區

他們持槍的動作優美
我們沒有人尖叫
並且聽從
躁鬱的蜥蜴
用牠斷掉的尾巴指揮

是的，沒有鼓樂
空空作響的
是他們的胃

特技表演

如果你和你的神
長期失業
我可以帶你到夕陽下跳火圈
接住每個眼球
把接下來的日子
歸屬野外求生
而烏雲就當汙水處理
自我排解
長天期的陰天

至於你的馴獸師
不是我
是你的陰影

敬遠球

前方投來一顆敬遠球
你沒有打擊的機會
裁判催促你趕快上壘
投手哈哈大笑
隊友也收拾球具離去
剩下你走向一壘

雨越下越大
計分板也停電了

你決定開始奔跑
用一百種技巧撲向本壘

你不停的滑壘
滑出一道護城河
跑到聽不見世界的嘲笑聲
坐下來，看天空的星星
每一顆都來電
排列出你得到的分數

這麼高分
你跳起來，將分數抓進口袋裡
敬遠這個世界
不讓別人看見
他們永遠無法接殺的

狂傲

週末寫壞一首詩

葉尖釋放一滴露水
驚醒了早晨。我寫下：
「玻璃窗還歪歪斜斜的
一隻探頭的鳥
還沒將鐘聲扶正
我看見
社區中庭一朵雲被列印出來」
再看一次「列印」這個字眼

才真的醒了過來。原來
昨晚才撫摸過霧氣的手指
仍然和鍵盤共處一室
空腹醒來，面對土司和白頭翁
仍然選擇精力湯和寫壞的詩
像是把文學放在嘴邊
連在浴缸裡都像是貨櫃船
繞行世界一圈；我的臉書
喧囂並沒有洗心革面

這應該是忽略了什麼
比如，放下溪水
一座山就理直氣壯去放假

網軍時代

氣象報告說差不多是陰天
因為像政治
它給了下雨的機率
於是我們果然看到那些雲
都採取了射擊的
跪姿

比氣象不準的是政策
像刻在墓碑上的字一樣模糊

像在左轉的地方閃著右邊的燈
方向，速度，因為滾動呀
這次還濺溼很多路人
我們只好把積水當月光
是與非共存
落花與流水共存
篩過陽光，經過炎上
就是無敵鐵金剛

「砧板差不多就要有青苔
不會太久的。你再說嘴
我們就不是同路人」於是
我們乖乖排隊
排成同路人

豬肉攤前賞花

很好看的五花肉
這攤是小學最好的同學
外省第二代的阿榮。很別具
一格的轉換
畢竟也屬於職業
比起抗日大刀隊
不同的殺戮說著同樣的家譜
他也想單純
在這裡解決民生

用力搖喊同一面國旗
他也知道
土地是土地，灰塵是灰塵
差別在
可否落地，並且生根

很好看的五花肉
他悉心挑選的香氣
有人論斤、論兩
像整個攤子
還是軍用地圖

舉草而祭

老屋那口井
是翻譯的作品
字源是家族
祖父與曾祖父都在那裡
漱口，飲水，牙牙發音
從三字經、五十音，到ㄅㄆㄇㄈ

不同於，槍是戰爭的作品
眼睛是風景的作品

它還帶有自己的腔調
或更深沉的東西

例如蔡這個字
是舉草而祭
祭後，我們將天地的祝福
插在陶壺裡

只是，我們把泥捏成陶
而時間把陶
捏成了泥

三
有夢千頃

后里馬場

醒來。這是死守
所有的鐵蹄排成一列縱隊進場
請到司令台認領
取回自己的頭顱、肩膀、鬃毛和臟器
（剛從歷史墳場挖出，那顆
被族名擊碎的心，這最難確定）
馬廄裡有新的馬鞍，剛繡上新的番號
（別挑，穿上一定合身）

拔出胸口的斷箭，套上韁繩
（國家愛我們的各種姿勢）
欣然領受，精魂會歡呼：
主人，我允許您
從我身上摘取任何的器官

庫房裡糧秣彈藥都缺
別怕，唯一不缺的是忠貞的膝蓋
可輕易跨過山稜線
除了最高的障礙
仇恨，永不退流行的春藥
驅使死亡撞向所有
所有生錯時空的部族

屬於呼吸的終須一死

但此刻不是
戴上眼罩，假裝看不見
看不見敵人搖晃的前世
看不見敵人交換的遺書
或童年的塗鴉本
都忘了上色，譬如：
野鴿、竹蜻蜓、風箏、擁抱
以及遠足前一夜興奮的失眠

眼淚定型過的意志不會鏽蝕
（意志是箭，弦的力道可遠至三百年外）
血液會複寫英雄的名字
再塞進史書小小的嘴。只要射擊
所有問題就會自己找到答案

（一如此刻，全島同時敲擊的鍵盤聲
都附上了準星）
快揚起蹄下的灰塵
一起向永遠的靜止起跑

來了，敵人來了
從鋼橋出發，從隧道奔出
青春的軍團，成群的鐵馬
鈴鐺部隊，一波波拂曉圍城

而現在我們抵禦不了的
是孩子的笑聲

注：后里馬場建於一九一二年，為日治時期台灣總督府的產馬牧場，二戰後由國軍接管，成為騎兵訓練大本營。隨著時代轉變，現已轉型為具觀光

休閒遊憩的馬場，成為后豐鐵馬道的著名景點。

因酒後駕駛被禁止的日出

能夠將傷口砸破的東西
稱為骨折；能將夕陽砸破的東西
稱為樹枝（你不知道
有這樣的風險）一一
即使它們都屬於
粉碎性感受

只有死亡發生
在自己身邊，在一場車禍

你才能感受像搶劫、
謀殺一樣的剝奪

那煞車聲比刀更尖銳
而黎明，胎死腹中
沒有麻醉藥
反倒是那個開車的
用了一瓶酒的劑量
思考事件過後
晚霞的血色
如何在路面乾涸

木的偏旁——三義木雕歸來作

在水美街
我看見一塊樟木，以及
一些未具體成型的漫漫長日
它們在成為作品之前
疲憊的風已經停成木紋
木紋怕迷路，於是留下香氣

在水美街，我看見所有的夢
都有木的偏旁

樟木說：「我大作文章
並且入木三分
除了匾額，我還是鳥獸魚昆」
檜木說：「我會，我會一百種睡姿
觀音和蓮，或者
還只是素材盤著根」
話才說完，鯖魚在遠處喊它
它轉身，刀刀都是鱗片
（如果不是這樣，如何躍進龍門
成為一尾　凝結時空的鯉魚）

其實鳥或者人
都應該飛給自己看
不是我多舌，桐花也放慢動作
探向自己的深淵

求真，殉美；還好有詩
拉長句子釣著雪
在不是寒江的四月
我漫步於博物館後方的詩路
又繞過步道，才發現
午後二點
這裡的樹彷彿都是世界遺失的秒針
它們不給時間
以更恰當的辭令；
它們長時間在野
像博物館的一尊達摩
集千鈞氣力，卻輕輕向
光和影的罅隙
一擊。
又或許

這也如同旅行的意義

外公的五分車

太陽旗撕成棉花糖的午後
外婆在青鬢抹上
梔子花提煉的思念
眼角的鹽灑在觀音媽前
在指尖撥成念珠
一顆顆，鹹澀如南洋椰林間
外公眉間的血汗

當祖國不斷地搶攤

不斷地碎成浪花
南十字星仍盡職地瞄準
叢林裡倖存的皇軍

星芒如刀
糖廠的少年一株株倒下
（皮白多汁的竹蔗被送進壓榨機，有糖蜜流出）
外公割下童伴的鎖骨，結在胸前
從南洋的迷霧歸來

外公的影子從此多夢
夢見星星不再互咬的夜晚
所有捉迷藏的玩伴
會撥開蔗田走出
笑聲攀上外公的五分車

嗚嗚　嗚嗚
唱出，世界創作我們
無傷的模樣

二林事件公判號

為了搬運自己的夢
他們還有力氣。「夢醒之後
我們必須對林本源製糖會社說些什麼」
那些奪人心魄的黑夜
必須撕開，黎明才能跨步進來
畢竟權益被一口一口嚙咬
不是像一條拉鍊那麼簡單容易

本來月光也不願招惹屋瓦和雨水的是與非

它純良，若非烏雲長時間
給它灰心的面積；若非
連黑夜的黑，都失去重量；
這裡的農民也是純良的
他們的汗水直爽
鬚角太鈍，就用眉角去收割

陳情抗議本來只向
夢中拆去路標的自己；或者
只用一管炊煙嘆息。
至於這塊土地物產豐饒
雨水喜歡寫信給溪水
情書裡，都是自己澆溉的面積
除了親情溫飽，莖葉是所有情節

所以甘蔗千頃排開
所以我們相信：月光為了蔗香
也曾努力溝通日夜，猶疑幾回
然而月光被一層一層剝削
魚和刀俎的辯證、白髮與現實的辯證
為了活著，骨頭敲擊了石頭
這是誰的責任。在這裡

月光因為被壓榨而成為陰影
陰影因為被壓縮而成為化石
化石因為時間而忘記了血肉
怎麼可以。就像土地和灰塵的不同
一種理念或者曾經肥沃過的
那些久遠的應答
我們不能只是拍拍史書的灰塵

注：二林事件，又稱二林蔗農事件、林本源製糖騷擾事件。日治台灣時期的農民運動，於一九二四年至一九二五年間在彰化二林發生。蔗農不滿林本源製糖株式會社的甘蔗收購價格太低，引發衝突事件。

有夢千頃

「沒有騙你。有人問起我的鋤頭
它真的是由石頭開始的」

那時，父親活像一團老繭
一個不留神，太陽就撞成了彩霞
而月光是最深的一口井
汲出的是
父親清瘦的身影

他把稻田交給我的那一天
我記得，高鐵偉大的典禮以及
西北雨都成為土壤之一
父親要我陪稻草人
聊家族的睡眠品質和濁水溪
我也認真的想要說些什麼
卻像攔河堰一樣語塞
更別說，巨大的煙囪反覆啄食
像要比賽地老　天荒
或像一個夢剛剛學會蛙式
不小心就被廢水噎死

我也想種出單純易解的白米
請給我灌溉的水、乾淨的空氣
我們的井不深（比父親皺眉還淺）

關於地層下陷
這不是墨水可以填滿的問題
請重新測量，像測量愛有多少面積

你知道嗎？沿海的月亮已經有些鏽蝕
蚵農也用尖扁的蚵刀，努力地
想剝開肥美夜色
你知道嗎？腥味並不可怕
還有一種味道比腥味更艱澀
那是比謊言更細的懸浮微粒

有人允諾
保證我們的影子會長出根莖
青年返鄉，日落就能倚著海風
然而石化業不是詩人不是畫家

藍圖的上空，沒有白喙赤足的精衛
燃燒排放物更不是神話
那麼我們究竟能浪漫多久

中華白海豚等待著讚美
像睡眠的海岸線，有一種翻身輕吻
美麗的溼地
有大動作的起飛和棲居
一日將盡，故事還久
在有夢千頃的濁水溪河口
深深淺淺的疑惑，我怎麼說

那些我所認識的

媒體報導竹山阿嬤葉曾素珠，揹著多重障礙腦性麻痺且全盲的孫子，往返台中啟明學校上課，三年來的里程超過十萬公里，可環島六十四圈……

如果有一天我也會寫詩，也想起
那些我所認識的橋、鑰匙與鎖匠
我會把故事從象徵說起

或許不用在黑裡
我的虹膜也能複寫觸覺所能抵達的世界

指出：那是我被抱起來的重量
那是阿嬤的惶惶不安，那是
汗水已經來到太陽的高度
那是拓印，那是碎花布
如果有一天
地球逆轉我也會知道：
阿嬤如何千山萬水，我認識的字
如何萬水千山
一塊包布如何沒有頹廢的理由

萎縮的世界正在復健。雖然
我的肌肉還是無力踩到自己的影子
但我會用力去認識，去聽
什麼是蝴蝶，什麼是微風
鐵器和紙張有什麼不同

或許有一天
我的耳蝸也會有屬於自己的花園
天使在那裡耕種
我在那裡認識晨間的聲音
像現在一樣
耳朵必須綻放，而黎明
是我認識的花蜜；一天從這裡開始
豐美結穗，校讎啟明

然而在我學會寫詩之前
來來回回的路，以及車站
有斑鳩和地圖的一致
也有苦難和快樂的一致
阿嬤總是側身向我
我循著額前紋路

回家

（第十四屆磺溪文學獎得獎作品）

所以，我繼續飛翔

二〇一四年十月空軍雷虎小組訓練時發生擦撞，飛官莊倍源為避開地面民房，二度放棄跳傘逃生機會，勉強將飛機航至無人農田上空，最後不幸殉職，留下一妻、一兒……

（塔台：請棄機彈跳）
陀螺儀正快速旋轉
世界的俯仰，忽而偏左，忽而偏右
生命的姿態必須在一秒內定軸
我正進入飛行員傳說中的空間迷失

（塔台：請馬上棄機彈跳）
但地面炊煙前也必有女子
與我妻一樣娟麗
那草場上接球的男孩
也有一雙我兒般的快腿，正轉動
三十年的儀表板
國家的意義在失速
在銀翼的第一個轉身處，我試問
沒有戰爭的日子
雙手雙腳是否可排列成國字直角的四邊
在犧牲被懷疑的年代
天靈蓋是否也長得像家的寶蓋頂
（塔台：最後機會　請馬上棄機彈跳）
航線已走向誓言的最深處

肩上的梅花打算開在來年的冬天
就算明日要分屬兩條天際線
已準備交出嗅覺、視覺和聽覺
但指間還有握桿的觸覺
仍牢牢握緊十八歲那年吼出的歌聲
「凌雲御風去，報國把志伸」
所以，還不能著陸
我必須繼續。飛翔

這是你說的方向

沒有了巷弄地址
的耳廓，有指南針在那裡懸浮
河水以倒敘的旋律
彷彿要我知道
它的來處

那是一座山的
原來屬於冬天或者託付給
雲的倒影、熊的樹林

或者像上個世紀才有的鐘擺
鵝卵石也從那裡開始
繁殖海灣的夢

那方向
曾經是族人童年最遠的去處
（而最遠的地方，不一定是老死
但必然有燧木，在不具名的碑石上
敲擊最上游的星光）
呵，那山川。在我認識所及
你也曾經穿越秀姑巒溪
你也曾經泛舟。有時驚叫
有時和我的族人一樣
屏息在　像大提琴的低音
尾隨出獵的弓

等待交響

這是你說的方向
背對太平洋
我們總是在瞭望寂寞時
傳說才有了跡象

承翰，小心回家

嘉義鐵路警察李承翰二〇一九年七月，在火車上遭鄭姓嫌犯持刀刺殺死亡，一審法官以鄭男患有思覺失調症判無罪……

母親節就坐在前方
你一定正急著趕路
但承翰，請小心回家
世界的瘟疫正在蔓延，即使失溫
要留時間，讓額溫槍瞄準你

記得在車上保持距離
你總是離責任太近
害怕第一個沒有你的母親節
離思念太遠

記得不能在火車上飲食
沒關係，就要到家
媽回家煮好吃的給你
記得不要有恨
立法者和英明的官員
口頭上，都愛基層警察
只是判決書的心事太深
像一口井
民眾對著大喊：明鏡，高，懸
每個回聲，都搖晃成破碎的鏡片

記得按緊左腹，常換紗布
別讓血流的速度
快過一條回家的路
記得戴口罩才能上車
為你哭啞的月亮，也一直戴著口罩
別怕母親認不得你
你是警專第一名，村里的驕傲
你是神送來的孩子
成神，成灰
媽，都認得你
承翰，媽等你
小心回家

彩虹眷村。老兵在

二〇〇九年九月，春安里單身老兵黃永阜開始彩繪眷村，二〇一〇年台中市因都更而決定拆除，引來學生發起「搶救彩虹村」活動。九月，市長裁定保留彩虹眷村。

十萬青年十萬軍，還在抵抗
時光部隊的最後突襲
敵方是發胖的都市
前無援軍，後方有村無眷
（如果還有等待你的後方）

彈匣裡只剩下一發童心，兩發寂寞
（都發射吧，這是死守）
每一發都射偏
誤擊過低的彩虹

天空摀著胸口
那是五顏六色的血
淌滿整座城
（敵方司令：我們對美，從不設防）
是的，潰敗的敵軍湧入虹彩受降
只見一名戰士蹲坐屋內
像牆面的裂縫，咧開嘴笑了
說剛畫的李小龍，很強

（二〇一三台中市詩人節首獎作品）

海鯖廻家

聽自己的呼吸，以及黑夜的浪濤
寂靜地交換節拍
我划過黑，在什麼也看不到的海面
尋找那一段你迴游過的軌跡
聽鯖魚的呼吸、海神的嘆息
血液裡滾動真理
我划向你，在生長一切的黑潮裡
用點點的舟影
劃回家的記號給你

像浪濤只為了與你再相遇
我向前划，向前划
用太平洋的濤聲許諾
留一片海洋給你

海水是汗與淚的前世
今世前方藍色的鏡子裡
我們相遇

猝死國道的客運司機

為了紀念油電雙漲
民國禁止華麗

為了覓食，野鴿在斜坡倒立
他從後視鏡看出去
看不到妻兒與家了
如果心跳有更長的煞車痕
死亡可以停住嗎？
在民有民治民享的中山高

他以最後的意志，試圖穩住
三十一位乘客的肋骨

那時掌紋必然具象為緊緊的纏繞
纏繞無力的方向盤
那時柏油路面一如
他礦化的舍利

累倒護理桌的天使

白衣天使穿著苦苦糖衣
像月光無法剝離

那是夜班護士
撕下自己的翅膀
那是唯一可以
讓羽毛平放的方式
在此之前
她們必須遺忘自己的病歷

看自己靈魂碎步奔跑
沿著鼻淚腺奔跑
並用最後的肺葉遮雨
跑進一則新聞
以死亡討論死亡，以及
醫療人力不足的問題

船是浪的懸念——阿美族七旬漁民採訪記

海面潮溼的氣流上升，來到一處
黃藤與木鱉果都傾斜的山坡
眼前房舍與他同樣佝僂斑駁
老屋將自己的影子投影在
樓地板的背面，像地下室
而他的脊椎是唯一的逃生梯
如果可以，我希望他保持海浪的矯健
雖然不能深蹲，但還可以倒立
像夢那樣倒立，又像標槍

精準的射角在時間的海平面以下
獲取一些還算美味的記憶

從花蓮來到這裡落籍
曾經也在造船廠，月光微薄
他細數螺旋槳葉片，看作幸運草
阿美族的樂天讓他走向海洋
我聽見，漁船從我的紙角啟航
通過桶盤嶼，通過幽默
每個小島嶼都像家鄉的山豬
時間是他的漁場。他相信
船是浪的懸念

當死亡集結

當王冠的尖芒如部隊集結
死神也練好腹肌
蝙蝠決定用翼手塗抹邊界
萬獸開始用星光量測彼此的額溫

有些獸，在雨中熄滅
世界尷尬地走到同一個街口
排隊填寫病歷表
一隻雲豹找不到自己的檔案

你一直被世界漏接
月亮紅著眼說
強權的肺葉在積水

但是，歡迎回家
里長會固定打電話問候
因為害怕彼此的影子變淡
所以警語又濃了一些

每個學校仍是知識的草原
用遠端的光亮敘述
讀書聲如春雨不輟
不怕被 zoom 監聽我們
對明天的信心

無人機在夜市上空盤旋
提醒你保持距離
是為了下次的擁抱
不握手，是因為不放手
愛不需要消毒，恨需要

所以奧運選手繼續練習揮棒
棒球繼續在藍天飛行
但旅遊後必須填報
填報雲的自在
和風的自由

於是我們服從時間
遵循風的方向
兩點準時觀看直播

讓手語茂盛繁延地翻譯
我們的幸福

握不到你的手

二〇二一年四月二日上午九時二十八分四十五秒，北迴線清水隧道太魯閣號脫軌。造成四十九人罹難和二百一十三人輕重傷……

愚人節剛過
假期卻不再清明
在母親的腹部
歐亞板塊切割出不癒的傷口

太魯閣撫著左胸

尋找遺失的親人
一整座大理石山蹲坐
哭成一泓大清水
那是湛藍的，時代眼淚

這個日出，降你以半旗
悲春以斷崖
放下帶不走的行李
想與你一起，走出隧道
跟著風走，跟著雲遊
縱使我們將不再相會
一如鐵軌之平行
我再也握不到
你的手

燒炭記

用樂高積木為寄居蟹換一個殼
可不可以像拆除王家
說要為他們變更棲居

那麼可不可以
也給孤煙有高於屋簷的契機
給每一戶明亮
有仰望星空的門窗
孩子不用出門買炭，不用

以樸拙的炭火
轉亮最後的螢火蟲
或像無法翻身的馬戲班
跨不過自轉的地球

靜夜思

床前有沒有明月我不知道
已經很久沒有關燈，更久的是
我並沒有開燈
我的床，已讀不回
比霜更冷漠

沒有明月，當然也就沒有影子
我們注定是沒有影子的
舉頭沒有，低頭也沒有

在手術房更不能有——
那是無影燈、那是器械
剖開時間的臟器
我們是太多耗損的齒輪

刷手，洗手，絕句就是
政客認為應該押韻的地方
找到我們掉落的指紋
月光只是它的泥淖
你看見了嗎？看不見的
如同故鄉。靜夜，再思
一條童稚的遊魂就讓夢擱淺了
我清清楚楚看著
要涉險的方向
有來不及說出的祝福

燦爛時光書店

我們在自己的氣象裡穿行而過
從異鄉來的文字
在這裡熱鬧得像一場熱帶暴雨

這裡在小小的巷道，小小的唇
只借不賣的情緒，有簡單的招牌
二手書有自己的尊嚴
這裡是我們指認母語的獨立書店
我們在這裡讀鄉愁的臉

樓房稜角有致
只是有些動詞被月光磨掉斜邊

我多喜歡這裡
巷道整齊，又像生理學那樣完整
我們的國旗都變成氣球
在牆壁上競逐飛行
偶爾有生鏽的窗台
那或許是記憶有太多的澆溉
銀河的水位，漫過一個個夏天

文字笑起來像糖水
他們的父母可能來自叢林
但水汪汪的巷道
看起來比籍貫更柔軟

所有漂泊的眼睛，都在此
找到燦爛的時光

蘭衫女孩

這是手寫的春日
筆跡是黑色百褶裙滑過花瓣
召喚的一隻蝴蝶，更像
含苞待放的詩句綻開了主題
而亭亭玉立不只是成語
是她們直挺挺的脊椎如握筆
氣象和煦，滿臉都是書卷氣

我猜這樣的女孩

會提醒自己養一隻木魚
如期換水，在腦袋裡布置水草
看透明的信仰搖曳
或有其他虔誠，一如蘭陽平原
水田誠實映著藍天

或者每一個女孩都是一滴藍墨汁
滴在沙啞的莎草紙，叫出了
含蓄的三角函數和未知的邊長
關於制服上衣和劍領，關於青春
振動、波與天體運動
就從綠油油的大草坪手拉手
圍圈跳晚舞開始

還記得，她左胸的口袋上方

繡著藍色校名、繡著我們的雲
那時多麼希望不要飄移
但腳步匆匆總是踩斷了光線
而年級槓，是一再跨越的鞍馬跳箱
白襪搭黑皮鞋呀，很快
從鏡子裡出發又回來。不像貓
但一張魚骨圖在遙遠的城市
看出女孩的勤勞，在美麗之外

聞你

二〇一四年八月一日，高雄石化氣爆，消防局主祕林基澤現場殉職，也擔任消防員的女兒，每天在泥堆挖土找爸爸，甚至捧起泥土，聞聞看有沒有爸爸的味道……

今年情人節的煙火放得太早
馬路一玩起火的接龍
就把時間關掉

你的弟兄手牽手

紛紛跌落許諾的斷崖
每個名字都被烙進地底
雲和霧都嚇哭，成了灰煙

他們指著昨夜飛翔過的泥土：
「你爸爸來過。」
所以我戴起棉質的手套
慢慢挖掘，撿拾，注視
泥土都像你背光的側臉一樣
有稜有角，有回家的承諾

每次午夜鈴響
你會用多汗的鼻頭，聞我的髮梢
我假裝睡著，等你回來，嗅嗅英雄的味道
所以我輕輕捧起每一顆泥

放在鼻前，問這一條叫做凱旋的路
是不是聞完整個港都
就可以拼湊出一個完整的你？

爸，你不擅長玩捉迷藏的遊戲
沙發上的凹痕說你剛來過
你叫我如何相信你的在，與不在
所以我想邀全世界伸出手
高高把你捧起
聞你

新人間405

虎牙

作　　者—蔡淇華
文藝線主編—何秉修
校　　對—蔡淇華、Vincent Tsai、胡金倫
責任企畫—林欣梅
封面設計—兒日
內頁排版—立全電腦印前排版有限公司

總 編 輯—胡金倫
董 事 長—趙政岷
出 版 者—時報文化出版企業股份有限公司
一〇八〇一九 台北市和平西路三段二四〇號七樓
發行專線—(〇二)二三〇六六八四二
讀者服務專線—〇八〇〇二三一七〇五
(〇二)二三〇四七一〇三
讀者服務傳真—(〇二)二三〇四六八五八
郵撥—一九三四四七二四時報文化出版公司
信箱—一〇八九九臺北華江橋郵局第九九信箱
時報悅讀網—http://www.readingtimes.com.tw
時報文藝—Literature & art臉書—https://www.facebook.com/readingtimesLiterature
法律顧問—理律法律事務所 陳長文律師、李念祖律師
印　　刷—家佑印刷有限公司
初版一刷—二〇二四年二月二日
定　　價—新台幣三二〇元
(缺頁或破損的書，請寄回更換)

時報文化出版公司成立於一九七五年，
一九九九年股票上櫃公開發行，二〇〇八年脫離中時集團非屬旺中，
以「尊重智慧與創意的文化事業」為信念。

虎牙/蔡淇華作. -- 初版. -- 臺北市：時報文化出版企業股份有限公司, 2024.02
176面；14.8×21公分. -- (新人間；405)
ISBN 978-626-374-785-2(平裝)

863.51　　　　112021775

ISBN 978-626-374-785-2
Printed in Taiwan